Madame
MAGIE

Collection MADAME

MONSIEUR MADAME

MONSIEUR MADAME

Madame MAGIE

Roger Hargreaves

hachette
JEUNESSE

Madame Magie vivait dans une petite maison qu'elle avait appelée Villa Abracadabra.

Ce lundi-là, elle se réveilla aux aurores.

Elle bâilla puis se leva.

Elle alla à la salle de bains pour se laver les dents.

– Sors! ordonna-t-elle au dentifrice.

Aussitôt le tube se déboucha et le dentifrice sortit.
Il s'étala tout seul sur la brosse à dents de madame Magie.
Tout lui obéissait au doigt et à l'œil!

Comme par magie...

Elle descendit à la cuisine.

– Chauffe! ordonna-t-elle à l'eau.
Et l'eau obéit.

– Grille! ordonna-t-elle au pain.
Et le pain grilla.

– Beurre! ordonna-t-elle au couteau.
Et le couteau beurra la tartine de pain grillé.

– Verse! ordonna-t-elle à la cafetière.

Et elle s'assit pour prendre son petit déjeuner.

Merveilleux, n'est-ce pas?

Madame Magie buvait une seconde tasse de café quand on frappa à la porte.

– Ouvre-toi ! ordonna-t-elle à la porte.

Sur le seuil, se tenait monsieur Heureux.
Il n'avait pas l'air très heureux...

– Vous ne vous ressemblez plus, constata madame Magie.
Qu'est-ce qui ne va pas ?

– Tout ! répondit monsieur Heureux.

– Venez me raconter vos malheurs.
Vous prendrez bien un petit café ?
lui dit-elle avant d'ordonner à la cafetière :

Verse !

– Expliquez-moi tout, demanda madame Magie.

– C'est monsieur Chatouille, commença monsieur Heureux.

Il est devenu infernal.

– Comment cela ?

– Jusqu'à présent,
il chatouillait les uns ou les autres de temps en temps,
mais maintenant
il chatouille tout le monde et tout le temps !

Monsieur Heureux soupira.

Madame Magie le regarda.

– Ce n'est pas très grave, lui assura-t-elle.

– Oh, si! C'est pire encore!

– Allez, courage! Tout va s'arranger...

Ils sortirent de la Villa Abracadabra.

– Après vous, dit madame Magie à monsieur Heureux,
et à la porte :
Ferme-toi!

Monsieur Chatouille était déchaîné!

Quelle merveilleuse matinée!
Il avait déjà chatouillé madame Tête-en-l'air
qui en avait perdu la tête.

Et monsieur Silence qui avait hurlé de rire.

Et monsieur Grand qui s'était plié en deux.

Et madame Risette qui en avait eu les larmes aux yeux.

Et monsieur Glouton qui en avait eu mal au ventre.

Et madame Timide qui était devenue rouge
comme une pivoine.

Sans oublier le facteur, l'agent de police,
le docteur, trois chiens, deux chats,
et un ver de terre!

– Qui veut de mes CHATOUILLES ? cria monsieur Chatouille en apercevant madame Magie et monsieur Heureux.

Il se précipita vers eux, étira ses bras incroyablement longs et agita ses petits doigts en folie.

Madame Magie regarda monsieur Heureux.

– J'ai tout compris ! déclara-t-elle.

Et elle lui fit un clin d'œil.

Elle pointa son doigt vers l'incroyablement long bras droit de monsieur Chatouille.

– Rapetisse! ordonna-t-elle.

Puis elle pointa son doigt vers l'incroyablement long bras gauche de monsieur Chatouille.

– Rapetisse! répéta-t-elle.

Comme tout lui obéissait au doigt et à l'œil, les deux bras rapetissèrent!

Les bras de monsieur Chatouille
n'étaient plus incroyablement longs.
Ils étaient même incroyablement petits!

– Ce n'est pas du jeu! protesta-t-il. Ce n'est pas drôle!

– Tout dépend de quel côté on se place,
lui fit remarquer monsieur Heureux.

– Passez me voir demain, lui proposa madame Magie.

– Alors, monsieur Heureux, heureux ?

Monsieur Heureux fit son plus beau sourire à madame Magie.

– J'allais le dire ! On va fêter cela.
Je vous invite au restaurant.

Ils y allèrent.
Tout sourires !

Le mardi, monsieur Chatouille frappa à la porte
de la Villa Abracadabra.

– Ouvre-toi! ordonna une voix à l'intérieur.

Et la porte s'ouvrit.
Madame Magie découvrit son visiteur.

– Bonjour, lui dit-elle. Entrez donc!

Vous désirez certainement
que je rende à vos deux bras leur taille normale ?

– Oh, oui, bien sûr !

– D'accord, dit-elle.

Le visage de monsieur Chatouille s'illumina.

– Mais à une condition...

Le visage de monsieur Chatouille s'assombrit.

– Vous n'aurez le droit de faire des chatouilles qu'une seule fois par jour.

– UNE SEULE FOIS PAR JOUR ! s'écria monsieur Chatouille. C'est peu.

– Jurez ! ordonna madame Magie.

Monsieur Chatouille soupira et jura.

– Grandissez! ordonna madame Magie.

Et les deux bras de monsieur Chatouille redevinrent comme avant : incroyablement longs!

– N'oubliez pas votre promesse! Une seule fois par jour! rappela madame Magie à monsieur Chatouille.

Il s'en alla.

– Au revoir, lui dit-elle, et à la porte :
Ferme-toi!

Monsieur Chatouille s'arrêta devant la Villa Abracadabra.

– Des chatouilles une seule fois par jour,
c'est mieux que pas de chatouilles du tout, pensa-t-il.
C'est alors qu'il aperçut au rez-de-chaussée
une fenêtre ouverte.

– Une seule fois par jour, répéta-t-il.

Il eut un petit sourire qui...

... se transforma en un gigantesque sourire!

Son bras incroyablement long se faufila
par la fenêtre ouverte.

– Une seule fois... et pourquoi pas maintenant?

Tout de suite!

RÉUNIS VITE LA COLLECTION ENTIÈRE

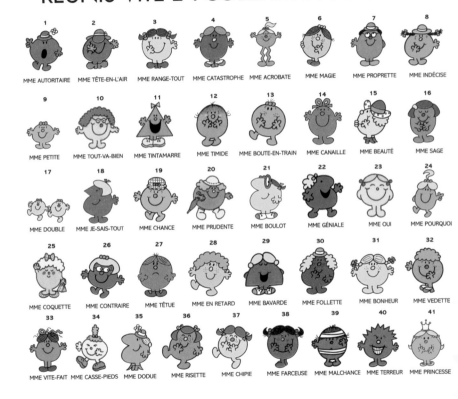

| 1 MME AUTORITAIRE | 2 MME TÊTE-EN-L'AIR | 3 MME RANGE-TOUT | 4 MME CATASTROPHE | 5 MME ACROBATE | 6 MME MAGIE | 7 MME PROPRETTE | 8 MME INDÉCISE |

| 9 MME PETITE | 10 MME TOUT-VA-BIEN | 11 MME TINTAMARRE | 12 MME TIMIDE | 13 MME BOUTE-EN-TRAIN | 14 MME CANAILLE | 15 MME BEAUTÉ | 16 MME SAGE |

| 17 MME DOUBLE | 18 MME JE-SAIS-TOUT | 19 MME CHANCE | 20 MME PRUDENTE | 21 MME BOULOT | 22 MME GÉNIALE | 23 MME OUI | 24 MME POURQUOI |

| 25 MME COQUETTE | 26 MME CONTRAIRE | 27 MME TÊTUE | 28 MME EN RETARD | 29 MME BAVARDE | 30 MME FOLLETTE | 31 MME BONHEUR | 32 MME VEDETTE |

| 33 MME VITE-FAIT | 34 MME CASSE-PIEDS | 35 MME DODUE | 36 MME RISETTE | 37 MME CHIPIE | 38 MME FARCEUSE | 39 MME MALCHANCE | 40 MME TERREUR | 41 MME PRINCESSE |

DES **MONSIEUR MADAME**

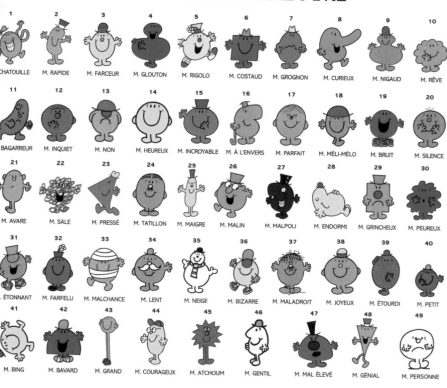

1 CHATOUILLE	2 M. RAPIDE	3 M. FARCEUR	4 M. GLOUTON	5 M. RIGOLO	6 M. COSTAUD
7 M. GROGNON	8 M. CURIEUX	9 M. NIGAUD	10 M. RÊVE		

1 CHATOUILLE
2 M. RAPIDE
3 M. FARCEUR
4 M. GLOUTON
5 M. RIGOLO
6 M. COSTAUD
7 M. GROGNON
8 M. CURIEUX
9 M. NIGAUD
10 M. RÊVE

11 BAGARREUR
12 M. INQUIET
13 M. NON
14 M. HEUREUX
15 M. INCROYABLE
16 M. À L'ENVERS
17 M. PARFAIT
18 M. MÉLI-MÉLO
19 M. BRUIT
20 M. SILENCE

21 M. AVARE
22 M. SALE
23 M. PRESSÉ
24 M. TATILLON
25 M. MAIGRE
26 M. MALIN
27 M. MALPOLI
28 M. ENDORMI
29 M. GRINCHEUX
30 M. PEUREUX

31 M. ÉTONNANT
32 M. FARFELU
33 M. MALCHANCE
34 M. LENT
35 M. NEIGE
36 M. BIZARRE
37 M. MALADROIT
38 M. JOYEUX
39 M. ÉTOURDI
40 M. PETIT

41 M. BING
42 M. BAVARD
43 M. GRAND
44 M. COURAGEUX
45 M. ATCHOUM
46 M. GENTIL
47 M. MAL ÉLEVÉ
48 M. GÉNIAL
49 M. PERSONNE

Édité par Hachette Livre - 43, quai de Grenelle, 75905 Paris Cedex 15
ISBN :978-2-01-224866-3
Dépôt légal : juin 1985
Loi n° 49- 956 du 16 juillet 1949, sur les publications destinées à la jeunesse.
Imprimé par IME (Baume-les-Dames), en France